PEQUENA ESTRELA

CB065339

Este livro pertence a:

PEQUENA ESTRELA

ÉLISABETH VANGIONI-FLAM
MICHEL CASSÉ

Ilustrações de Laurent Cardon

Tradução
MONICA STAHEL

Martins Fontes
São Paulo 2004

Esta obra foi publicada originalmente em francês com o título
PETITE ÉTOILE por Éditions Odile Jacob, Paris.
Copyright © Éditions Odile Jacob, outubro de 1999.
Copyright © 2004, Livraria Martins Fontes Editora Ltda.,
São Paulo, para a presente edição.

1ª edição
março de 2003

Tradução
MONICA STAHEL

Acompanhamento editorial
Luzia Aparecida dos Santos
Revisões gráficas
Adriana Cristina Bairrada
Alessandra Miranda de Sá
Dinarte Zorzanelli da Silva
Produção gráfica
Geraldo Alves
Paginação
Moacir Katsumi Matsusaki

Dados Internacionais de Catalogação na Publicação (CIP)
(Câmara Brasileira do Livro, SP, Brasil)

Vangioni-Flam, Élisabeth
 Pequena estrela / Élisabeth Vangioni-Flam, Michel Cassé ; ilustrações de Laurent Cardon ; tradução Monica Stahel. – São Paulo : Martins Fontes, 2004.

Título original: Petite étoile
ISBN 85-336-1960-X

1. Literatura infanto-juvenil I. Cassé, Michel. II. Cardon, Laurent.
III. Título.

04-1310 CDD-028.5

Índices para catálogo sistemático:
1. Literatura infantil   028.5
2. Literatura infanto-juvenil   028.5

Todos os direitos desta edição para o Brasil reservados à
Livraria Martins Fontes Editora Ltda.
Rua Conselheiro Ramalho, 330/340 01325-000 São Paulo SP Brasil
Tel. (11) 3241.3677 Fax (11) 3105.6867
e-mail: info@martinsfontes.com.br http://www.martinsfontes.com.br

Agradecimentos

Para Nicole Carrière por sua irisada ajuda e para Robert Mochkovitch por seus conselhos intensamente iluminados.

Índice

Prefácio IX

I. Nascimento de uma estrela 1
II. Nascimento de um planeta 6
III. Início da viagem 11
IV. Encontro com Rigel, grande estrela azul 13
V. Betelgeuse, a supergigante vermelha 15
VI. Uma Anã Branca 17
VII. As solteironas desprateadas 20
VIII. Cefeida, a estrela palpitante 23
IX. Um baile no céu 24
X. Pião, a estrela-metrônomo 27
XI. A luz antiga 29

XII. O buraco-negro 31
XIII. Um navio de estrelas nascentes 35
XIV. A estrela afortunada 36
XV. Wolf-Rayet, a estrela bochechuda 38
XVI. Conversa (1) 40
XVII. Conversa (2) 43
XVIII. Conversa (3) 48
XIX. Conversa (4) 52
XX. De volta ao céu 55
XXI. Ômega, a estrela sábia 57
XXII. Viva a água 61
XXIII. Vidas de estrelas 64
XXIV. A mistificação das constelações 67
XXV. O centro da Via Láctea 70
XXVI. As fronteiras da Via Láctea 73
XXVII. O caminho de volta 76

Glossário 79

Prefácio

No momento atual, é preciso investigar o que primitiva e universalmente caracteriza o céu e a matéria e, ao mesmo tempo, fazer brilhar as estrelas com o discurso, dar às verdades úteis formas agradáveis e, se possível, tornar a ciência passível de ser apreciada. O índio, sem saber, bebe o universo numa gota do Amazonas, pois o hidrogênio é vestígio do Big Bang e o oxigênio foi exalado pelas estrelas na noite em que morreram. As estrelas, se prestarmos atenção, detêm títulos de nobreza e antiguidade. Na economia geral do universo, desempenham o papel de artesão cioso. Abrem-se como flores e inseminam o espaço com produtos de sua obra, multidões de átomos alados. Magellan, em sua Grande Nuvem, convida para sua festa. Inflamou a supernova dos tempos modernos e nós lemos em sua luz. Morrer, para uma estrela, é passar de uma perfeição luminosa para a perfeição escura e, ao fazê-lo, ceder sua herança. Essa virtude, longe de ser inédita, ocupa um lugar legítimo entre as características fundamentais da evolução. Apaixonados pela luz mais elevada, calculamos nosso sonho de estrela. As equações estelares são belas como poemas, mulheres e ciprestes.

> O binômio de Newton é tão belo como a Vênus de Milo
> O que há é pouca gente para dar isso.
>
> Fernando Pessoa

Generosas como estrelas, elas passam por seu céu para servir à ciência: Beatriz Barbuy (USP) e Kathia Cunha (Observatório Nacional). Através delas, dirigimos nossas homenagens e cumprimentos a todos os astrônomos do Brasil.

ÉLISABETH VANGIONI-FLAM e MICHEL CASSÉ

Capítulo I

Em algum lugar do cosmo, no meio de uma imensa nuvem de gás, chamada Casulo, nasceu uma estrela, talvez a mais linda estrelinha da galáxia.

Casulo lhe deu o nome de Star.

Star, ainda meio espantada, sem entender o que estava acontecendo, despertou para a vida se espreguiçando lentamente.

Casulo: Bom dia, Star.

Star: Onde estou? Quem é você?

Casulo: Sou Casulo, a nuvem de gás que trouxe você ao mundo.

Star: Como foi que eu nasci?

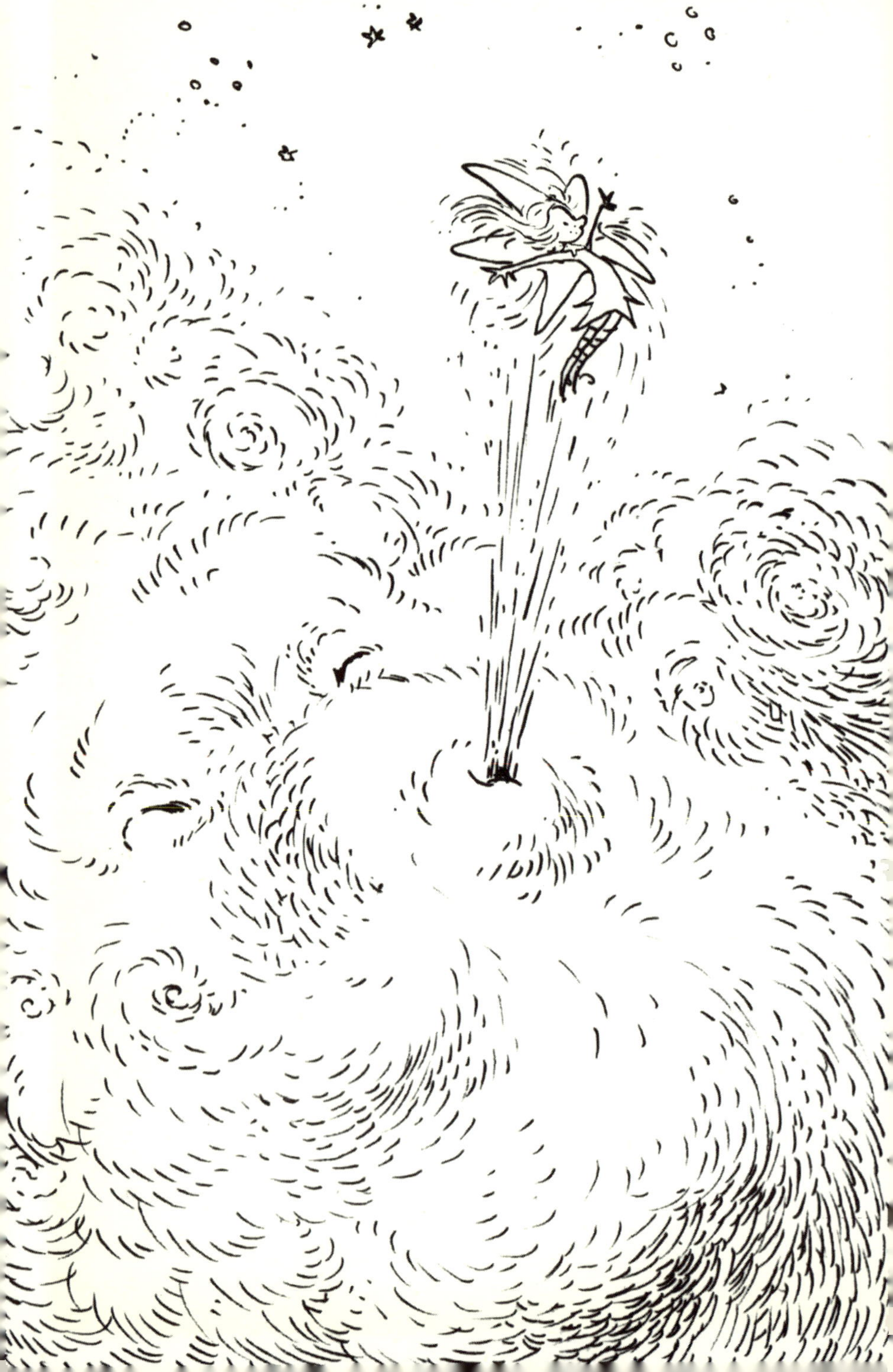

Casulo: Concentrei meu gás bem no fundo de mim, graças à força pela qual a matéria vai à matéria. Depois de muito esforço, uma parte de mim se tornou você.

Star: Mas, agora, onde eu estou?

Casulo: Está num mundo maravilhoso, o das estrelas. Vivemos numa região imensa, chamada galáxia. Nela vivem bilhões de estrelas como você. São, de certo modo, suas semelhantes. Sou muito mais velha do que você e muitas de suas irmãs já saíram de minhas entranhas. Depois elas se foram para longe. Mas você é a mais bonita.

Star: Onde estão minhas irmãs?

Casulo: Foram percorrer o mundo imenso, nossa galáxia, a Via Láctea.

Star: Ora, Casulo, também quero ir embora, também quero viajar pelo céu imenso.

Casulo: Ah, você até me faz lembrar uma certa cabra. Está falando do que não conhece. O Universo é composto por bilhões de galáxias como a nossa. E você, por mais que goste de viajar, nunca vai poder fugir da galáxia-mãe, pois está ligada a ela por toda a eternidade.

Star: Que cabra é essa?

Casulo: Faz parte de uma história muito bonita, que se conta às crianças de um planeta chamado Terra. Esse planeta está situado perto de uma estrela também muito bonita, chamada Sol.

Star: E o que é um planeta?

Casulo: É uma bola de matéria. Ao contrário das estrelas, que produzem sua própria luz, os planetas recebem a luz de sua estrela-mãe e depois a refletem como um espelho. Parece que algumas estrelas têm planetas e outras não, mas não sei bem, pois não conheço todos os segredos deste Universo imenso. O conjunto dos planetas que giram em torno de uma estrela é um cortejo planetário. É como se os planetas constituíssem um cortejo e a estrela fosse uma rainha a ser admirada por seu brilho.

Espantada, Star não disse uma palavra.

Casulo: Sabe, talvez você também possa ter uma pequena pérola, chamada planeta, que fique girando à sua volta. Depois de nascer, esse planeta nunca mais sairá de perto de você. Mas tenha paciência, minha pequena Star, espere até se tornar uma estrela de verdade. Quando sua matéria se estabilizar em você e ao seu redor, talvez apareça um companheiro assim. Não vamos nos antecipar.

Star: Diga uma coisa, Casulo, que história é essa da cabra, que se conta às crianças da Terra?

Casulo: Um dia, a cabra do senhor Seguin ficou com vontade de percorrer o mundo, como você. Abandonou o dono para viver em liberdade. Comeu capim fresquinho, pulou de rochedo em rochedo. Bebeu a água dos rios gelados, encontrou mil amigos. Ela era linda, tinha o pêlo branquinho, e estava muito feliz. Correu o dia inteiro e, depois, à noite...

Capítulo II

Enquanto Casulo falava, o brilho da pequena Star aumentava e ela foi esquentando tanto, até perder a transparência. A luz que nascia nela não a largava e a camada de gás que a envolvia continuava a se concentrar, cada vez mais, em torno de seu centro, de seu coração. A estrela tomou sua forma quase definitiva. Ao longe, os grãos de matéria que estavam soltos começaram a formar um disco em torno de Star, que girava, girava em torno de si mesma. E o disco também girava.

A pequena Star ficou muito vermelha e o disco de poeira recebia seu calor.

À medida que essa matéria maluca se equilibrava, o disco em torno de Star se esfriava. Então, todas as pequenas partículas de matéria ligaram-se umas às outras. O sistema planetário estava nascendo. O disco transformou-se em planetas, cometas, pequenos corpos sólidos e frios de todo tipo. Só que, preste atenção, isso tudo aconteceu num certo caos. Eram muitas as colisões entre grandes rochedos já formados. Todos se chocavam uns contra os outros: os planetas que surgiam, os futuros cometas, os asteróides de todos os tamanhos. Star já estava então bem redondinha, com sua estrutura perfeitamente definida. Era uma bela estrela esférica. A partir de então, tornou-se a rainha de sua região celeste. Fornecia calor e luz a todos os pequenos corpos ligados a ela pelo vínculo criado pela matéria com a matéria, uma vez que aqueles pequeninos objetos não tinham densidade suficiente para produzir sua própria luz.

Não muito longe, um pequeno planeta estranho chamou a atenção de Star. Depois de tanta agitação, ela resolveu puxar conversa com o planeta.

Star: Ufa, que aventura! Não é fácil a gente nascer e ainda trazer ao mundo umas coisinhas como você. Você parece gelado. Ainda bem que estou aqui para lhe dar meu calor e minha luz.

O planetinha, já muito orgulhoso e independente, respondeu:

Planeta: Não preciso de ninguém. Estou me esforçando para me esquentar sozinho. Aliás, meu centro é muito quente e estou tentando ativá-lo para trazer esse calor à superfície.

Casulo sorriu diante de tanta ingenuidade e tanta valentia. Resolveu dizer a verdade a Star e Planeta, aqueles dois jovens descabeçados.

Casulo: Ouça, Planeta, você nunca vai conseguir brilhar como Star. Você é apenas um planeta, ao passo que ela é uma estrela. Ela só existe porque consegue produzir sua própria luz, queimando a matéria de seu centro. Por toda a vida você vai depender da luz e do calor dela. Tome cuidado, pois às vezes Star emite raios tão fortes que podem queimá-lo. Ainda bem que existe uma atmosfera em volta de você para protegê-lo dos raios prejudiciais. No entanto, esse invólucro não irá impedir a passagem da luz benéfica.

Quanto a você, Star, Planeta é capaz de lhe reservar surpresas. Você é composta de matéria gasosa, essencialmente dos gases hidrogênio e hélio. Ao longo de sua vida, irá transformar esse hidrogênio em hélio e em alguns outros elementos mais complexos, mas na verdade será muito pouco, pois você é tão quente que os átomos não podem se encadear como as contas de um colar.

Planeta, por sua vez, é composto por grãos que você largou no momento da sua transformação. Ao contrário do que você fez, ele dispersou seus gases mais leves pois não tem força suficiente para segurá-los. Na verdade, Planeta é mais duro e mais frio do que você. A matéria dele é sólida, no entanto ela vem de você, e você vem de mim.

Com isso, quero dizer que sou uma nuvem muito velha. Fui constituída pelos primeiros átomos criados no Universo, gradualmente fui recebendo as cinzas de uma quantidade enorme de estrelas que me forneceram alguns dos átomos que elas fabricaram em seu centro. De modo que Planeta é muito rico, ele contém os tesouros do Universo, a matéria preciosa.

Sou uma nuvem muito velha

Planeta nunca irá brilhar como você, mas durante muito tempo irá "chocar" esse tesouro, e um dia fará aparecer o que há de mais precioso no mundo: a vida. Você brilha, Star, é verdade, porém nunca poderá abrigar a vida, pois você é quente demais. Ora, sempre tenho tendência a antecipar as coisas! Contei tudo isso para vocês entenderem que, aqui em cima, cada um desempenha um papel. Não há uma função mais importante do que a outra.

E você, Star, não fique se achando o centro do mundo, só por causa do belo cortejo de planetas que está ao seu redor. Na escala deste Universo imenso, você é apenas uma rãzinha no pântano da Galáxia.

Star: Pois, justamente por isso, Casulo, preciso sair para descobrir esse mundo imenso. Você está me contando tantas maravilhas, que agora quero ver tudo. Quero partir, Casulo, mas prometo que vou voltar.

Casulo: Adeus, minha linda Star, cuide de você e de Planeta. Vai encontrar todos os tipos de estrelas durante a viagem: algumas pequeninas e gentis, como você, mas também outras maiores e mais monstruosas. Nunca chegue muito perto delas, pois poderão prendê-la e até destruí-la.

Star: Adeus, Casulo.

Capítulo III

E nossa viajante Star partiu, levando sua trouxinha de luz. Depois de dar alguns passos de estrela, teve o primeiro encontro. Cruzou o caminho de um belo astro amarelo, não muito grande.

Star: Olá, quem é você? O que faz?

Épsilon: Sou a estrela Épsilon, da constelação da Sopeira, e faço a mesma coisa que você, embora eu seja um pouco mais velha. Nosso papel é produzir nossa própria luz. Somos compostas essencialmente de hidrogênio e de hélio. Na verdade, pegamos quatro pequenos núcleos de hidrogênio para fazer deles um belo hélio, e isso em muitos exemplares. Essa transformação resulta numa emissão de luz. Por isso nós brilhamos. Todo esse trabalho se faz escondido; ele acontece no centro, bem no fundo de nós mesmas, em meio a um imenso calor.

Intrigada, Star perguntou:

Star: É mesmo? Mas como a luz sai de você?

Épsilon: Não pense que é de bom grado que deixo a luz escapar de mim. Gosto de brilhar, mas isso me custa muito caro, pois essa luz sai de mim para sempre. Quem me vê brilhar recebe minha luz, mas na verdade eu a perco. Se eu quiser resplandecer por muito tempo, precisarei economizar meu brilho. Para manter minha aparência, preciso continuar sempre queimando por dentro.

Épsilon era muito tagarela. Nossa estrelinha, muito impetuosa, já estava meio cansada de tanta falação.

Star: É muito interessante! Mas preciso seguir meu caminho, pois tenho uma longa viagem pela frente. Talvez algum dia a gente volte a se encontrar.

Épsilon: Ah, com certeza. Você e eu vamos existir por muito tempo. Ainda vamos levar uns dez bilhões de anos para terminar todo esse trabalho.

Star: Até logo, Épsilon da Sopeira.

Túmulo estelar

Morta aos 8 bilhões de anos

Capítulo IV

Star continuou sua aventura, ao mesmo tempo que se empenhava em cumprir seu papel de estrela, para brilhar bastante. Perguntava-se o tempo todo o que era hélio. De repente, uma intensa luz azul chamou sua atenção. Viu-se ao lado de uma estrela enorme, muito maior do que ela, pelo menos trinta vezes mais volumosa. Mesmo assim, criou coragem e puxou conversa, balbuciando.

Star: Olá.

Rigel: O quê? O quê? O que foi?

Rigel nem tinha enxergado Star, que era muito pequenina e tinha um brilho muito fraquinho em comparação ao seu.

Star: Sou eu, Star, e eu disse olá.

Rigel: Olá, olá, não tenho tempo para conversa, tenho que transformar todo o meu hidrogênio em hélio, muito depressa. Não sou como você, que tem todo o tempo que deseja. Se eu parar um instante estarei perdida, ficarei sem forças imediatamente. Vamos, vá embora, tenho apenas mais alguns milhões de anos de vida e quero aproveitá-los.

Capítulo V

Muito pensativa, Star se afastou de Rigel. "Como o mundo é estranho", dizia a si mesma. "Épsilon e Rigel fazem o mesmo trabalho, uma com economia e paciência, sem se precipitar, e a outra com toda a pressa. Por que será? Uma é formiga, outra é cigarra, porém não foram elas que escolheram seu destino. E sempre esse tal de hélio pelo meio!"

Star pensava em voz alta. Fez uma curva e deu com uma estrela grande, muito vermelha.

Betelgeuse: Quer saber por quê, Star?

Star: Ah, que susto. Quem é você?

Betelgeuse: Meu nome é Betelgeuse. Sou uma estrela supergigante vermelha. Sou mais evoluída do que você e meu trabalho é mais difícil. Agora transformo o hélio que você está produzindo em carbono e em oxigênio...

Star foi embora depressa. Não se sentia à vontade com Betelgeuse, pois era uma estrela que ocupava muito espaço. Principalmente, Star compreendia cada vez menos o que suas irmãs diziam. Carbono? Oxigênio? O que queria dizer tudo isso?

Capítulo VI

De repente, achou tudo muito silencioso. "Aonde cheguei?", perguntou a si mesma.

Anã Branca: Ao cemitério das estrelas.

Anã Branca falava com voz trêmula.

Star: Quem falou comigo?

Anã Branca: Fui eu, Anã Branca. Você não me viu porque meu brilho, agora, é muito fraco. Estou como você será daqui a muito tempo. Depois de se tornar gigante vermelha, você vai acabar ficando como eu, expelindo uma parte de seu envoltório de gás. Então, será apenas uma bola de matéria extremamente densa, menor que um planeta mas um milhão de vezes mais concentrada.

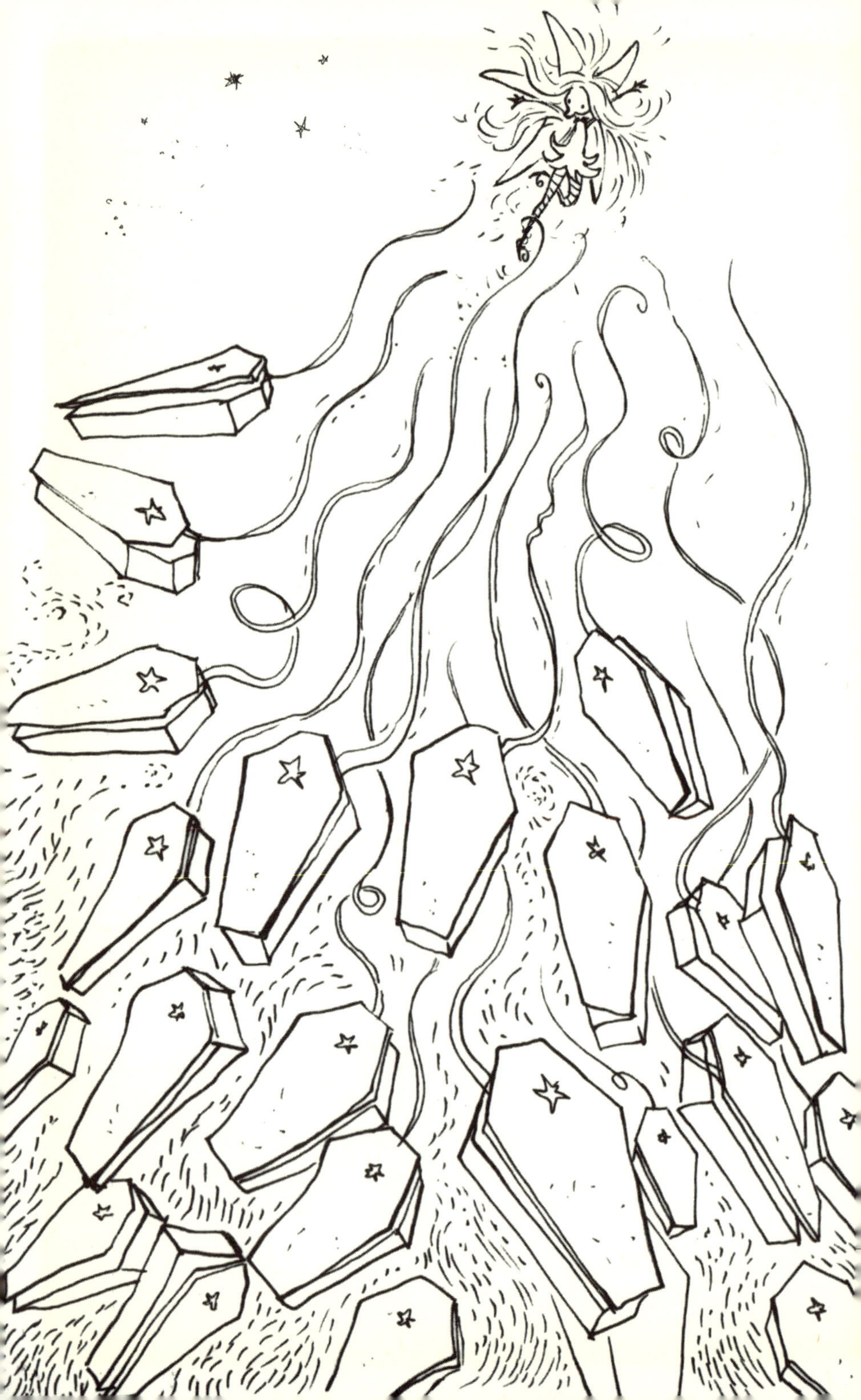

Star: E há estrelas que têm um fim diferente?

Anã Branca: Há, sim, mas a maioria é como nós; você poderá encontrar outras estrelas mortas muito mais densas do que eu e, se chegar muito perto, elas poderão agarrá-la.

Apavorada, Star atravessou a imensidão do céu, fugindo a toda. Zumbindo, ela fendeu a noite, para encontrar-se de volta como que ao paraíso.

Capítulo VII

No caminho, viu passar rapidamente uma abóbora cheia de solteironas. Não era uma carruagem, era um desses legumes fora de moda que se vêem nos contos de fada ou nos carnavais. Mas não era um carnaval diferente. Aquelas senhoras não tinham imaginação, estavam todas vestidas com roupas iguais, vermelhas e meio ultrapassadas. Pareciam ser mil vezes a mesma estrela. Que monotonia estelar! Star se espantou.

Star: Por que vocês são todas iguais?

Numa só voz, as solteironas responderam:

"É porque todas nós nascemos ao mesmo tempo, da mesma nuvem, há muito, muito tempo! Gostávamos tanto umas das outras que ficamos todas

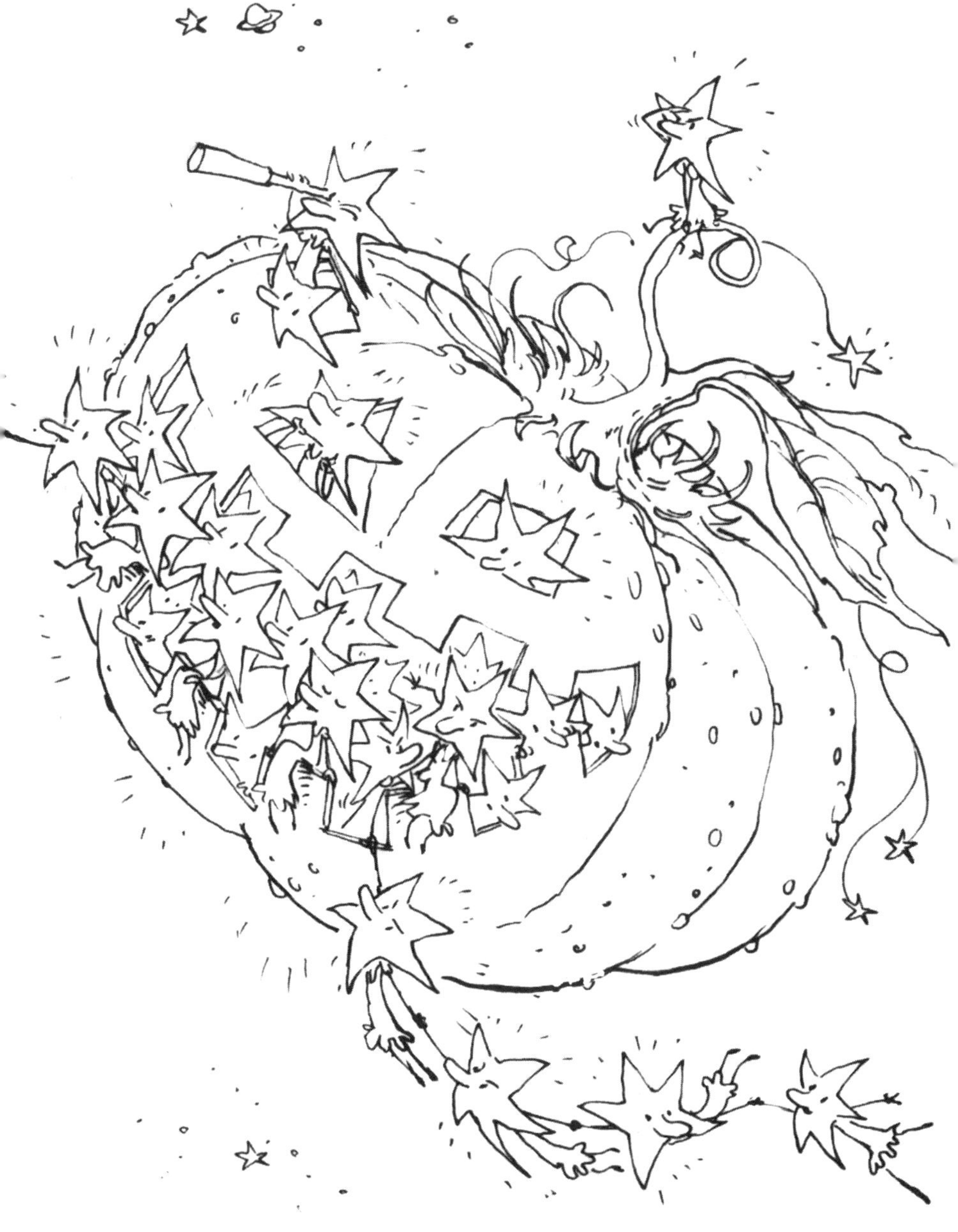

solteiras, solidárias. Somos chamadas de aglomerado globular."

Ao se afastar, Star ouvia murmúrios e recriminações. As vaidosas senhoras tinham mantido a linha diante dela, mas logo recomeçaram as implicâncias de comadres: "Ora, minha cara, pare de me empurrar. Vá mais para lá, preciso respirar. Está sufocante dentro desta abóbora!"

Star perguntava a si mesma por que elas ficavam juntas.

Aquelas solteironas, todas com muitos bilhões de anos, ainda tinham um certo brilho. Mas sua luz não tinha sal. Em sua composição só entravam hidrogênio, hélio e uma pitada minúscula de ferro. As velhas estrelas desprateadas viajavam de segunda classe.

Capítulo VIII

Logo uma estrela palpitante que passava por ali chamou a atenção de Star. Ela tinha um belo nome: Cefeida. Ao se aproximar para puxar conversa, Star percebeu que o brilho da estrela se alterava regularmente, como um pisca-pisca.

Star: Com licença, espero que eu não a tenha assustado. Está tão palpitante!

Cefeida: Não é nada disso, menina, sempre fui hesitante, isso faz parte da minha natureza, da minha maneira de ser. Um dia estou mais brilhante; no outro, mais apagada. Sou um pouco instável, só isso!

Star achou Cefeida um pouco afetada. Decepcionada, voltou a pegar sua trouxinha. Ainda tinha muitas surpresas pela frente.

Capítulo IX

Naquela parte do céu, estava havendo um baile. Divertida, Star ficou observando um casal de dançarinos estelares tão ágeis que pareciam Fred Astaire e Ginger Rogers. Um deles estava vestido de branco, como um fantasma; o outro era brilhante. Star percebeu, espantada, que a estrela Branca roía a saia bufante de sua companheira brilhante. Que horror! A estrela morta estava engolindo a viva e voltava a brilhar.

Star: O que você está fazendo?

Branca: Estou morrendo de fome, já não tenho fogo, minha luz está morta. A única solução é eu engolir a sainha vaporosa de minha amiga para sobreviver e brilhar um pouco.

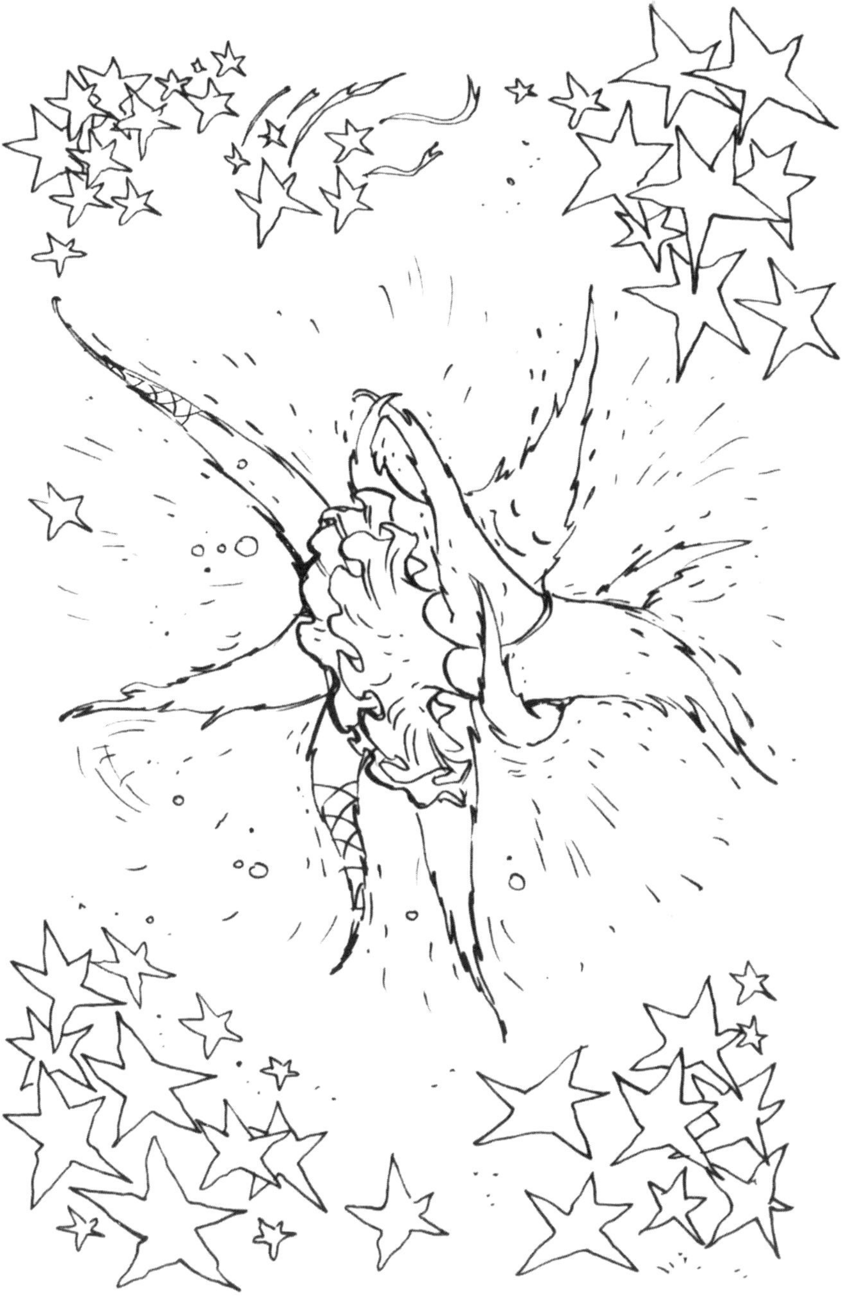

Sua companheira, zangada, chamava-a de gulosa e gritava que ela acabaria explodindo.

Star virou as costas, fugindo da discussão. Pouco depois, produziu-se uma explosão enorme acompanhada de um clarão intenso. Star constatou que aquela pequenina brilhante tinha razão, Branca era muito voraz. Moral da história: não se devem comer estrelas. Na verdade, aquilo era apenas uma das muitas manifestações da atração da matéria pela matéria.

Capítulo X

Fascinada com o espetáculo, Star deixou-se vaguear pelo céu. Sem querer, esbarrou num pequeno personagem que, audacioso, convidou-a para dançar.

Pi-ão: Estou-sozinho-quer-me-conceder-esta-dança?

Star, perturbada com o que acabava de ver, armou-se de prudência. Inspecionou o espaço à sua volta para tentar saber de quem se tratava.

Era um pequeno dervixe girante, de fala entrecortada, tão pequeno que, perto dele, Star parecia um gigante. No entanto, ela se sentiu muito atraída por ele.

Pi-ão: Pode me chamar de Pi-ão.

Ele falava como um metrônomo.

Star: Onde você está? Não consigo vê-lo. Ora, esta Galáxia de fato está cheia de fantasmas e pulgas! Onde está seu belo manto de luz?

Pi-ão: Estou-aqui! Sou-a-estrela-definitiva, absoluta, a-estrela-plena. Mais-plena-do-que-eu-só-morrendo! Sou-o-núcleo-de-uma-estrela-despedaçada. Sou-uma-estrela-morta. Ninguém-leva-nêutrons-para-florir-meu-túmulo.

Star: Você, uma estrela? Só rindo, mesmo, sua mechazinha! Você tem o centro mais compacto e duro do que pedra! Já me disseram que você é apenas um cadáver de estrela. Além do mais, olhe-me nos olhos quando falar comigo!

Indiferente às palavras de Star, Pi-ão girava como uma ventoinha, incansável, levada por sua paixão pela dança. Seus olhos fixos e luminosos lançavam raios e viravam, viravam. Parecia um farol! Arrebatada por sua valsa, a estrela-dervixe parecia louca. Mais uma vez, Star viu-se completamente sozinha. Confusa e ruminando pensamentos que nunca tivera, começou a chorar.

Capítulo XI

Star: Como é triste a vida de estrela! Alimentar-se de si mesma, calcinar sua própria substância ou ser devorada por outra, queimar as entranhas, para se tornar o quê? Para se encolher, explodir no meio da noite, perder seu belo manto de luz. Tornar-se cadáver ambulante, dançarina louca! E, até depois de morta, vaguear carregando no ventre uma voracidade perpétua! Sempre sozinha no céu escuro, cruzo com saltimbancos, astros extintos, velhas abóboras desprateadas, dançarinos de tango... Na cabeça, porém, tenho uma só nuvem. Minha nuvem. Meu Casulo!

Nesse momento, um raio de luz errante passava por ali, vindo do fundo dos tempos.

Raio de luz: Pare de se lamentar. Por acaso estou chorando? Você, pelo menos, pode acariciar as nuvens ou seu sonho de nuvem. Quanto a mim, estou condenada a voar sem parar e não posso me ligar a ninguém. Transmito informações de um ponto a outro do Universo, só isso, e ninguém me agradece nem me retribui. Ao menor contato, eu morro. Acabarei absorvido por um grão de poeira interestelar. Tenho inveja dos neutrinos, que nada pode deter.

Star: Neutrino? Neutrino? O que é isso?

Raio de luz: São partículas viajantes, mensageiros velozes e misteriosos, pois não os vemos. Eles atravessam o céu livremente.

Quanto a mim, pelo menos ilumino, sou a luz mais velha do Universo, sou a memória dos primeiros instantes do mundo. Naquele tempo eu era brilhante e possante! Agora estou tênue e gasto, por uma viagem muito longa; não sou quase nada, estou frio e velho, muito velho...

Star: De fato, que fim triste. Mas é assim, o que fazer? Tudo passa. Chegue mais perto para eu observá-lo melhor.

Star estava pensando em colocar raios de todas as cores em sua coleção.

Capítulo XII

No entanto, sensibilizada pela infelicidade da luz fóssil, mudou de idéia e mandou-lhe um beijo de misericórdia. Seguindo seu caminho, de repente sentiu uma espécie de abraço. Enfim, uma mão a segurava! Star fechou os olhos e abandonou-se à vertigem do amor.

Star: Ai!

De repente ela sentiu unhas fincarem-se em seu ombro. Sua substância escorreu como que para dentro da garganta de um vampiro. Uma boca estava bebendo a estrela. Um frêmito desagradável percorreu a atmosfera de Star. Uma mão apertou muito forte, depois outra, em seguida uma terceira. Agora, uma infinidade de mãos invisíveis a agarravam, a estrangulavam, a torturavam.

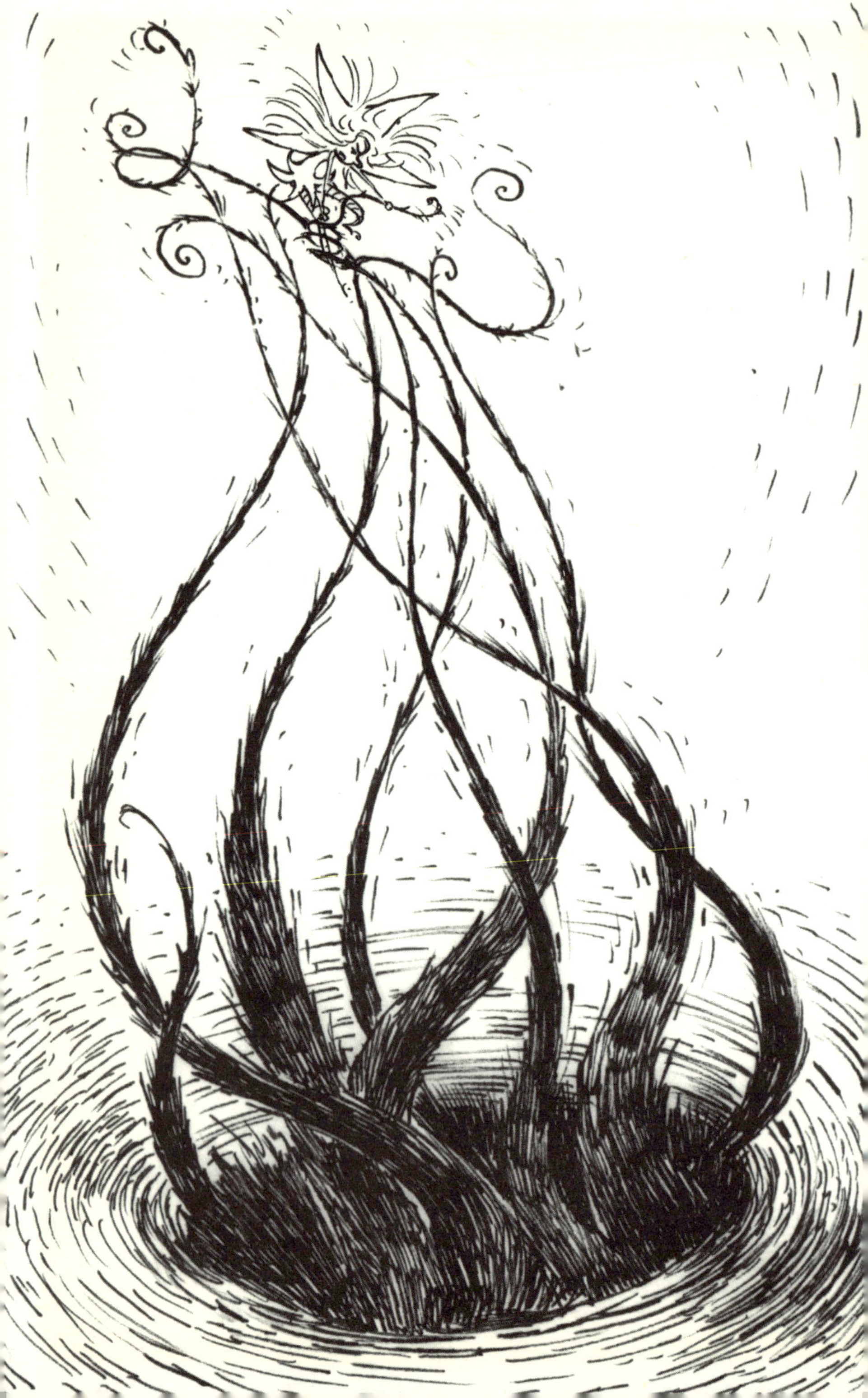

Um outro astro penetrou, por efração, em sua integridade. Era um buraco-negro.
No céu corre o boato de que buraco-negro é o estranho vestígio de uma estrela extremamente densa.

Da estrela de nêutrons,
Núcleo desfeito da estrela densa,
Ao buraco-negro
Há apenas um passo,
Passo em falso
Passo que não se deve dar.
O chão
.
Se furta
.
Queda infinita
.
Queda interrompida. Queda eterna. Vista de fora
Tempo que se detém. Tempo que se detém. Tempo que se detém. Tempo que se detém.....
téééééééééééééééémmmmm
Para quem vê
A queda é lenta
Para quem cai
A queda é instantânea.
No fim da linha
Está o ponto.
O destino estelar
Leva a um ponto
Um ponto
E só.
A luz jorra do ponto
E ela volta ao ponto.

Um ponto do direito
E um ponto do avesso.

    A luz volta a cair no buraco-negro como o jorro de água no tanque. A plenitude é perfeita. Não há nada a dizer! Silêncio luminoso...
    Só as estrelas supergigantes para ter um núcleo tão grande. Estrela, você tem núcleo? Só as estrelas gigantes serão destinadas a entregar seu núcleo à escuridão.

Devorador de luz
Você é brilhante por dentro?
Buraco-negro, olhe-me nos olhos
O que você fez da luz?

    Star só se salvou porque fugiu. Lá estava ela, coitadinha, toda rasgada. Decerto acabava de escapar do beijo mortal de um monstro estelar.

Perigo: buraco-negro!

Capítulo XIII

Star mal havia se recuperado de suas emoções quando foi erguida como que por uma onda. A espuma carregava um navio de estrelas nascentes. As azuis eram as mais brilhantes e robustas.

Quando ela percebeu o que estava acontecendo, a onda passara e viam-se ao longe as estrelas azuis, muito azuis, como o mar.

Extasiada, Star esqueceu-se de reajustar sua fotosfera e de recompor sua coroa.

Ao contrário das solteironas de antes, que brigavam como mercadoras de peixe, as estrelas do navio pareciam um pouco distantes. Era como se detestassem promiscuidade. Era de apostar que iriam se separar, não ficariam muito tempo juntas...

Capítulo XIV

Um astro afortunado, coberto de ouro e prata, passava por ali e cumprimentou educadamente a estrela aturdida.

Gold: Guten Tag!

Star: O seu sotaque...

Gold: Ach! Eu não sou desta região. Nasci na região central da Galáxia, a trinta mil anos-luz daqui.

E a estrela, apontando seus raios para o Centro, mostrou-lhe a direção de seu país de origem. Gold, fulgurante de auto-suficiência, não pôde deixar de abrir sua caverna de Ali-Babá. E então viu-se um monte de carbono, oxigênio e ferro.

Gold: Essa fortuna é minha herança. Sou rico porque meus ancestrais trabalharam muito. Venho de uma região em que o trabalho é o único valor, a única coisa que enriquece.

Star ficou impressionada com tanta magnificência. Prometeu a si mesma conhecer aquele Eldorado. Os astros trocaram alguns raios de gentileza, depois cada um partiu para seu lado.

Capítulo XV

De repente, Star sentiu na espinha uma espécie de vento quente. Quem o soprava era uma estrela bochechuda como um anjo, uma estrela jovem, quente e azul. Sua luz era tão viva que fazia evaporar sua própria matéria. A estrela estava sem fôlego.

Wolf-Rayet: Oh, tudo está indo embora! Tudo me escapa! Que vida!

Star: Por que está soprando com tanta força?

Wolf-Rayet: O que posso fazer? Há tantas velas a serem sopradas. Olhe à sua volta, é aniversário do céu.

O aniversário do céu

Capítulo XVI

Satisfeita, Star foi-se embora, assobiando. Estava contente. Havia acumulado tantas imagens que resolveu entrar em si mesma, ler no fundo de seu coração, refletir sobre tudo o que vira e prosseguir a viagem, para seu interior. Que surpresa! Foi naquele momento, talvez, que ela viu mais maravilhas! Seu planeta, seu pequeno planeta, de que ela havia esquecido diante das estrelas, sua pequena esfera, estava fazendo milagres. Como que hipnotizada, ela resolveu conversar com seu amiguinho.

O olho redondo da estrela examinou a pérola azulada com uma calota branca. No mosaico de nuvens e de azul ultramar, ela vislumbrou um verde mais ou menos suave, mais ou menos avermelhado. Num olhar de gata vadia, ela acolheu a árvore e a relva, as florestas cheias de copas, os mares animando a esperança das ondas, as geleiras voltando a verdecer. A terra dava no mar, o mar no céu e o céu... no infinito.

Planeta: Até que enfim você se lembrou de mim! Em segredo, eu a segui em suas viagens, como uma pinta em sua face. Quase fui engolido pelos astros escuros em que você roçava, ressecado pelo vento das estrelas que você encontrava, segui sua trajetória como um cão. Partilhei seu destino. E você me ignorou, não se dignou nem sequer a me olhar! Só tinha olhos para o que brilhava! Borboletas de luz, quinquilharias! Veja em meu rosto as lágrimas de lava sob o pó de areia branca. Mas nem tudo o que brilha é ouro. Você me deixou largado em sua luz, sem nenhum afeto.

O pequeno planeta devia estar com o coração profundamente ferido! Suas lágrimas eram oceanos.

Planeta: Eu sou sua auréola. Você é um astro dentro de um círculo. Eu cuido de sua boa forma, dou a medida de sua cintura. Giro ao seu redor como o raposo em torno da raposa, a cabra em torno do bode. Também giro em torno de mim mesmo para mostrar a você, alternadamente, a beleza de todos os meus continentes, mas seu olhar se volta para outros lugares! Desde que nasci, você não me dirigiu uma palavra, não recebi nem um beijo, nem um sorriso. No entanto, não sou seu irmão mais novo? Não nascemos da mesma nuvem? Casulo nos fez indissociáveis e nos recomendou ao céu. Quando souber que você me ignorou, irá tirar sua auréola e jogá-la no céu. Quanto a mim, irei girar ao redor de uma estrela mais gentil do que você.

Capítulo XVII

Pretendendo secar as lágrimas do irmão mais novo, Star aumentou a força de seus raios e se tornou mais calorosa. Em Planeta, o gelo derreteu e o nível do mar subiu vários metros, para grande alegria dos peixes. Planeta tinha responsabilidades complexas, que Star nem imaginava. Quanta confusão em sua superfície.

Planeta: O que eu fiz? Ao chamar a atenção de minha irmã ardorosa, provoquei cataclismos em meu pequeno mundo adorado, em minha casa de bonecas.

Assustado, Planeta resolveu reconciliar-se com sua irmã gêmea titânica. Nunca se viram gêmeos mais falsos! Uma brilhava, outro só refletia. Foram necessários apenas alguns milhões de anos para secar suas praias. Mas, no fundo, será que ele irá perdoar o mau comportamento de sua irmã estrelada?

Planeta: Você faz os dias e os anos, o vento e a chuva. São eles que moldam meus continentes. Acre e verde no verão, no outono ofereço minha plena juventude amadurecida. Você faz a aurora e os ponteiros do meio-dia, mas ignora a noite, que é o dia visto de costas, o anoitecer que enfeitiça as crianças e encanta os pássaros. Bela ignorante, vou lhe mostrar a noite das árvores que lançam sobre os vivos o bálsamo do oxigênio. A escuridão é toda florida. Você não entende a escuridão, não compreende a importância das minhas cores, o verde de meus campos, de minhas águas e de minhas macieiras, o azul do meu céu. Você não tem mar, não tem azul, não tem céu e não tem alma. A estrela-d'alva, pelo menos, nos ajuda a encontrar nosso caminho, é nosso guia noturno.

Star: Ignorante é você! A estrela-d'alva é um planeta. Ela brilha à noite porque reflete minha própria luz.

Planeta: Você não conhece o capim dourado de setembro, as fileiras de presuntos pendurados nas vigas e a vida dentro das casas. As bochechas rosadas e os sapatos apertados. As pessoas más e a perda de um dente. O ser de mão firme. Os cantores das quatro estações e sua voz rouca. Não conhece o gênero humano que constitui minha riqueza e a riqueza do Universo. Só eu consegui reunir tantos átomos. Gradualmente, passo a passo, veja o que fiz: desses átomos anônimos, fiz uma gota d'água, um grão de areia, uma flor... E veja, mais adiante, os seres pensantes. Eu os cobri quando sentiam frio, arejei-os quando se asfixiavam. Alimentei-os com os frutos de minhas árvores, saciei-lhes a sede com a água de minhas chuvas. Eles são o verdadeiro centro do Universo. São a matéria que pensa.

Os homens ficam em pé, seus olhos se fixam nas estrelas. A postura vertical libertou a mão, e a mão libertou o pensamento. Do pensamento brota a física – antiga, clássica, quântica – que descreve o mundo. Os homens vivem sob seu império, mas só gostam de você com os olhos e a pele; eles amam você, sim, porém só de longe. A mim eles amam com o ventre e os pulmões. Andam em mim, de tanto amor. A você eles veneram como um deus, desenham você em seus templos. Eu, no entanto, sou uma mãe.

Star sente muito ciúme.

Star: Pretensioso! Sem meu calor e minha luz, seu dorso desprezível seria gelado e tenebroso. Nenhuma planta cresceria, nenhuma vida floresceria.

Planeta: É verdade, mas você lança seus raios sem amor, nos ignorando. Sou eu que armazeno preciosamente todos os seus raios. Com eles faço mel, faço maçãs, ventos, movimentos. Elefante, formiga, javali ou ovo de joaninha. Vejo-os saltar, dançar, crescer e se multiplicar, e vejo homens e mulheres se amarem.

Star: De fato, o homem me parece o mais estranho, apaixonado por sua própria desgraça. Sobre dois bastões articulados, ele faz perambular seu esqueleto. Carrega no topo uma esfera cheia de palavras. Meu Deus, como é feio! Parece uma cenoura monstruosa e comprida! É o barro celeste que tem a pretensão de ser o único que pensa! Por que os homens não são redondos?

Planeta: Você se alimenta de sua própria substância, não precisa de braços nem de pernas. Você devora a si mesma. Eles, por sua vez, são feitos para caçar. O homem é um caçador diurno que se desloca para se alimentar e se proteger. Ele é verticalmente belo. E, além do mais, pertence a mim!

Uma tarde ele chora, no dia seguinte ri e corre ofegante, compondo solfejos. Tece um chapéu de folhas para se proteger dos seus raios. Basta dar um pulo no ar que ele acredita estar viajando no espaço!

Minhas mulheres, meus homens, minhas crianças e minhas rosas com belos adornos. Um dia, de tanto amá-los, eu os colocarei na terra, como sementes, ao abrigo de sua luz. Quando seus caixões estiverem no fundo da terra, eles se dissolverão em mim, irei digeri-los e deles farei árvores, coelhos, folhas e flores. E tudo começará de novo!

Star: Um dia eu os devorarei. Crescerei tanto que engolirei todos vocês, você e tudo o que o recobre. Então os átomos vindos das estrelas voltarão à estrela.

Planeta: Não ouse roubar meus seres humanos!

Star: Reivindico meus átomos e os terei de volta!

Planeta: Não são seus átomos. Os meus e os dos seres humanos provêm de Casulo. E os de Casulo lhe foram dados pelas estrelas antigas. Nada é seu! Os átomos são de todo o mundo.

Capítulo XVIII

A estrela ficou enraivecida. O céu espumava de raios. Planeta se encheu de pavor.

Planeta: E se um dia um ser humano se adiantasse aos outros para ser seu amigo? Um ser suficientemente puro para seduzi-la e que lesse através dos anos. Ele abriria às estrelas as portas das casas. Então sua luz estaria em todos os lares e você não precisaria devorar os homens para amá-los.

Surpresa e comovida com tais palavras, Star voltou-se solícita para a vida.

Star: Deixe-me observar mais de perto.

Star examinou os campos, o verão, os bosques, os rios, as casas construídas como fortalezas, abrin-

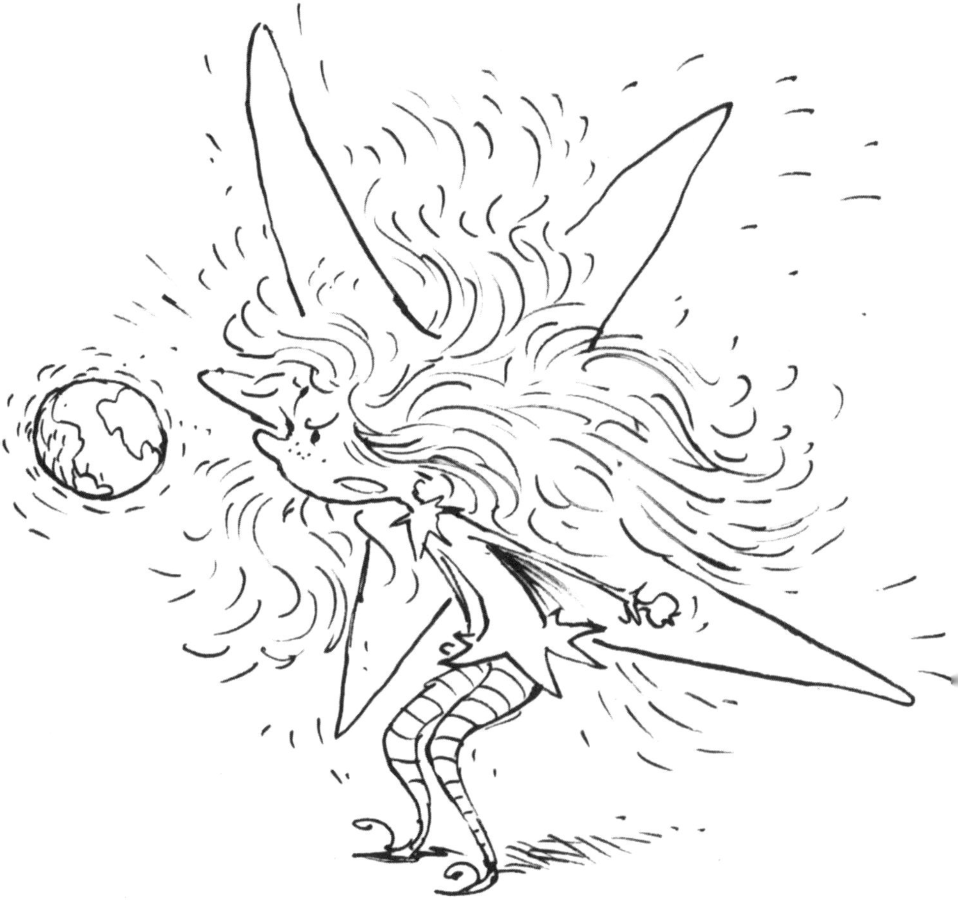

do-se para pátios e quase sempre para tanques sombreados por laranjeiras e limoeiros, jardins dominados por uma ou várias varandas, só atingidas pela luz casualmente. Viu cemitérios, igrejas e capelas, cavalgadas e fogos-de-bengala. Amizades e divisões: ó vida demente e razoável. Fez desfilar os véus, os turbantes, as jóias, sob a luz de um só dia. Esse dia era dela. Seu olhar envolveu a multidão.

Ela viu na extremidade de seus raios luminosos chapéus, pássaros, coelhos e relógios que soavam batidas de facas, e achou engraçado. As facas se levantavam e se abaixavam e os coelhos corriam perigo. Que horror! Os touros morriam aos domingos. Os pássaros caíam sob as flechas de chumbo. No meio de tudo isso, uma criatura brincalhona, aterradora, matando a vida na natureza, resolveu dizer que nunca uma rosa vira jardineiro morrer.

Essa ameaça a fez sucumbir.

Planeta? Planeta é um minúsculo cemitério cósmico em que os átomos das estrelas brincam uns com os outros, mas também um magnífico viveiro que soube superar a solidão dos átomos das estrelas.

As estrelas, jovens de boas maneiras, enfeitam a alta casa do céu. Mas para que serve esse planeta?

Ele vive dos bailes e das missas. Como no céu.

Ele vive dos reis, dos indigentes, vive das diferenças, como no céu. As estrelas diferem em glória e em cores. Os pequenos animais que andam no planeta diferem em tamanho e em inteligência. Mas todos são constituídos dos mesmos tijolos, dos mesmos átomos, e foi principalmente isso que impressionou a pequena Star.

Ele vive das sociedades, das aldeias, dos casais e dos seres solitários. Como no céu. Ele vive dos seres ora eretos ora encurvados, de tez rosada e outros brancos e grisalhos. Serão todos diferentes ou serão membros de uma só espécie tomada em diferentes fases de sua evolução? A estrela meditou durante muito tempo, tanto que de sua cabeleira de luz esvoaçou um cabelo branco.

Capítulo XIX

Finalmente Star começava a desvendar o segredo da matéria, ao mesmo tempo que percebia até que ponto a história se encaixava. Na verdade, a sutileza profunda da matéria e de suas leis ainda estava além dela: o filho do homem é a coroação da criação. Bilhões e bilhões de átomos partiram simples das profundezas do tempo. Raros foram os que chegaram a Planeta, mas, ah, como eram preciosos. Nesse meio tempo, tinham se submetido ao fogo estelar.

Em uma de suas horas, Planeta descreveu a evolução da vida; em um de seus minutos, traçou a história da humanidade, pois os homens estão para os astros como as borboletas estão para os homens.

Planeta: Eu era uma esfera vermelha, líquida, incandescente, como ouro fundido. Em alguns bilhões

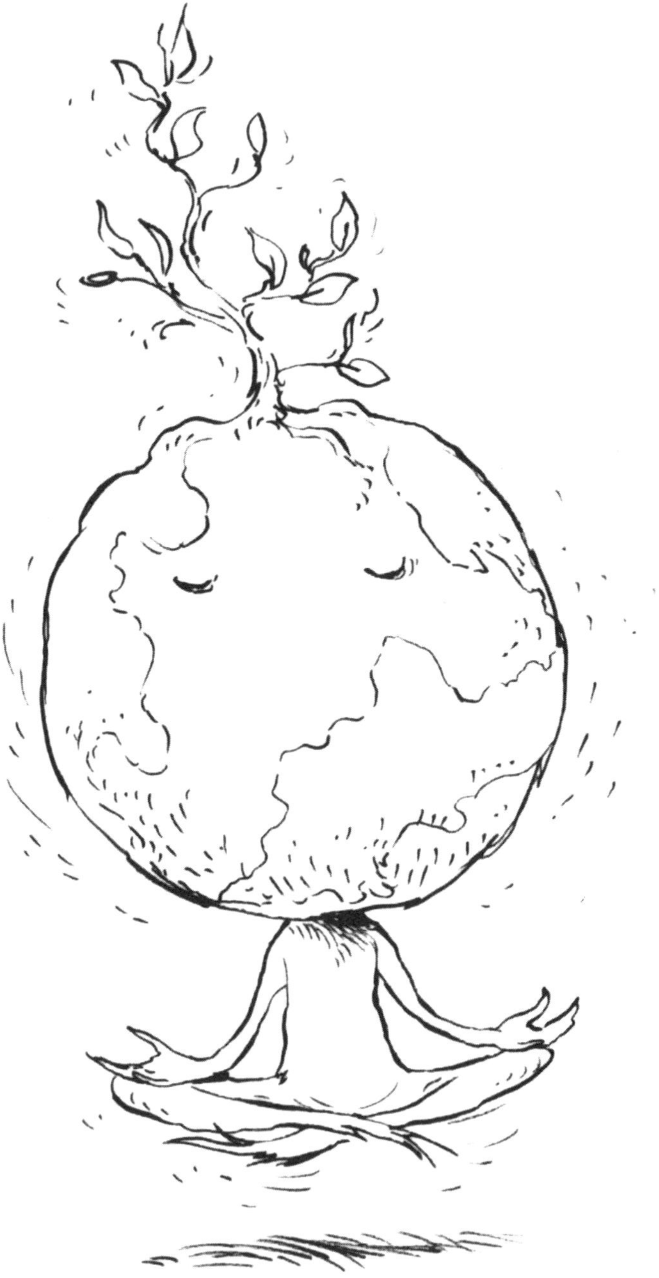

de anos, uma crosta de matéria sólida se formou em minha superfície: o primeiro continente. Depois, quando a temperatura da atmosfera caiu para menos de cem graus, o vapor de água se tornou líquido, inundando-me de chuvas diluvianas que encheram meus oceanos. Essas trombas d'água arrastaram todos os tipos de minerais que encontramos hoje para as águas do mar, que por isso são salgadas. A vida saiu então dos meus oceanos.

O grande continente se deslocou e seus pedaços se separaram de várias maneiras. A temperatura se estabilizou. A partir desse momento, a vida pôde criar raízes. Os vegetais de mil folhas transformaram a luz em açúcar e os animais puderam deleitar-se com ele.

Depois de ter experimentado múltiplas formas, a vida muniu-se de uma consciência, para o bem e para o mal.

Os homens entraram então num confronto mortal. Os teatros, os arcos, as colunas, a glória, as armas, os vasos, as jóias se quebravam. As civilizações estavam em pé de guerra. Retalhos de histórias tingidas de vinho, de alcatrão, de ocre e de sangue formavam como que uma mancha diante das miragens de catedrais e de palácios.

O gênio criador do homem resgatava a barbárie: ele inventou o zero.

Capítulo XX

Uma criança, taciturna, imóvel à sombra de uma figueira, via o tempo em sonho. Star saiu da nuvem atrás da qual acabara de se esconder, desceu sobre a criança, inclinou-se e segredou-lhe ao ouvido, com benevolência:

"Os átomos vêm das estrelas."

Por sua vez, a criança falou:

"Vi tantos sóis se apagarem!"

Star, desconcertada, afastou-se da figueira e se esgueirou como um lagarto entre as pedras. Esforçar-se para ver pelos olhos dos homens, pensou a estrela. "Apesar de minha força e meu brilho, jamais conseguirei penetrar no labirinto humano."

Resignada, Star demorou-se mais nas plagas douradas. Quando a guerra voltou a Planeta, Star levou consigo todo o seu desejo de brilhar e brilhar ainda mais, em dignidade e silêncio. Retornou a seu referencial cósmico, cruzando antes, de passagem, com um cometa extraordinário.

Capítulo XXI

Star: Oh, que bela cabeleira, senhor Cometa.

Depois, cruzou com uma pequena lua.

Star: O que lhe aconteceu, luazinha? Sua roupa está toda furada.

Lua: É que não tenho atmosfera para me proteger. Não sou como Planeta! Os pequenos corpos que passam por mim não me poupam!

Star navegou, navegou através do céu bonito e escuro. Atravessou o equivalente a quatro anos-luz sem encontrar a menor claridade, o menor farol. Ao final desse longo silêncio, desse vôo noturno, uma voz clara e distinta veio soar em seus ouvidos.

Brilhar é queimar, queimar é morrer. A regra de vida da estrela perfeita é brilhar, mas não muito, dizia a voz, que apesar de sua segurança e clareza pertencia a uma velha estrela amarela, situada na constelação da Sabedoria. Chamavam-na de Ômega. Sua rara beleza a tornava comparável a nossa heroína; Ômega falava como um livro.

Ômega: Cada grão de luz perdido é como uma gota de sangue. Guarde sua luz! Creia em mim! Tal como você me vê, estrela da maioria silenciosa, brilho com parcimônia. Vi passar estrelas grandes e esbanjadoras, que queimavam a vela pelas duas pontas e não viviam mais de cinco milhões de anos! Vi estrelas azuis avermelharem, vi estrelas gigantes morrerem. Aliás, veja ao longe aquele clarão: é o canto do cisne de uma grande estrela. Está morrendo na Grande Nuvem de Magellan.

Star: O que é morrer?

Ômega: Ora, é passar de uma perfeição luminosa para uma perfeição escura. Mas, veja, ela deixa transbordar tudo o que pode salvar. Não sabe o que está fazendo, despeja no espaço montes de vida futura! Carbono, azoto, oxigênio, ferro! Tanto metal bom! Conheço muitas que teriam inveja.

Ômega falava, sem dúvida, das solteironas desprateadas, que vivem amarradas umas às outras pelos laços da gravidade e das quais Star vira passar um comboio. Uma delas, aliás, gritara: Iu-u!

E Ômega lançou estas palavras: "Os átomos das humanidades futuras estão aí, nos despojos das explosões de estrelas."

Star: Na verdade não entendo que esses seres pensantes e complexos possam soltar despojos como esses.

Ômega: A natureza precisa de tempo e perseverança. Vou lhe explicar tudo. A matéria primeira vem da noite dos tempos, não sei muito bem como. A verdade é que nosso Universo está repleto de hidrogênio. De fato, é esse o nome que damos à primeira matéria. Há também um pouco de hélio.

Star: Outra vez! Desde que iniciei esta viagem, só ouço falar em hélio. O que é isso, afinal?

Planeta, que ficara esquecido, aproveitou a oportunidade para tomar a palavra.

Planeta: Dê-me três grãos de luz e lhe direi o segredo do hélio e de todos os átomos. Tenho em mim matéria que pensa muito. Homens quebraram os átomos e penetraram seus segredos. Afirmam que o hidrogênio é o primeiro e mais simples de todos eles. Ele brilha por sua simplicidade e vem da profundeza dos tempos. Acredito. O hélio é o segundo. É produzido a partir de quatro hidrogênios. Em seguida, três hélios constituem um carbono, ao passo que quatro hélios constituem um oxigênio. Mas esses monstros estelares são capazes de muito mais, até mesmo de produzir ouro.

Os homens entenderam que as estrelas fazem aritmética.

Foram mais longe ainda. Sabem, hoje, que esses átomos estelares conseguiram se encadear com habilidade, e eis o que me tornei: um planeta rico e diversificado.

Por exemplo: tomemos dois simples átomos de hidrogênio e um de oxigênio. Associando-se, eles formam um pequeno edifício chamado molécula. Que revolucionou todo o meu destino. Essa molécula, que os homens chamam de "água", serve para fazer tudo: meus oceanos, minhas chuvas e até a carne dos homens...

Capítulo XXII

A modesta molécula de água, fonte de vida, reúne em seu interior o vestígio da explosão original e a cinza mais preciosa das estrelas azuis.

O que é preciso para produzir água? Hidrogênio e oxigênio, é claro. A existência desses átomos está perfeitamente definida. Agora é preciso investigar sua origem. Mas quanta paciência, quantas artimanhas e ajustes foram necessários para que a natureza conferisse ao hidrogênio (H) o número 1 e ao oxigênio (O) o número 8!

A molécula de água, H_2O, contém dois átomos de hidrogênio e um átomo de oxigênio.

A busca da origem do hidrogênio nos leva ao início dos tempos, à Antiguidade do Universo, reino do leve, do rápido, do quente e do efêmero: enfim, o hidrogênio é filho do calor primeiro: Bang, Big!

Quanto ao oxigênio, ele nasce no ventre das Betelgeuses, grandes, vermelhas e tão quentes em seu interior.

O oxigênio se volatiliza quando a estrela se abre como uma flor. As estrelas, ao exalar oxigênio, espalham pelo espaço os primeiros germes de vida.

São escaldantes as origens do hidrogênio e do oxigênio, decerto, mas contrastantes: as estrelas são múltiplas mas o Big Bang é único. Infinitamente quente no início, o Universo se dilui e se resfria, ao passo que as estrelas, ao contrário, nascidas em nuvens frias, se contraem constantemente para aquecer seu centro.

Por toda parte, no céu, o hidrogênio prolifera; é o elemento mais abundante. Seu núcleo, o próton, que vem do início dos tempos, é o suporte material de tudo o que é tangível. Adicionando-se e transformando-se, constituiu a cadeia de todos os outros átomos. É o pai de todos os núcleos de átomos. Por sua vez, é descendente de uma orgulhosa linhagem de partículas chamadas elementares.

Toquem e vejam:
Sou o hidrogênio
Simples e abundante
Venho das profundezas do tempo
Gosto do oxigênio
Que também gosta de mim
Sua mãe é a estrela
Que morreu ao lhe dar a luz
Nossa filha é a água
Que lava
Que embeleza

Capítulo XXIII

Ômega, pega de surpresa, sentiu-se obrigada a intervir e, empertigando-se um pouco, vangloriou-se, ignorando Planeta.

Ômega: De fato, são as estrelas como eu e como você, Star, doces e perseverantes, que chocam os átomos dos homens e das flores e os fazem eclodir. Os astrônomos os observam com precisão. Calculam seu sonho de estrelas e acabam descobrindo a verdade: as estrelas são as mães de seus átomos. Os homens são a memória das estrelas, os arquivistas do Cosmo. A estrela presta serviço ao pensamento.

Ao ouvir essas palavras, Planeta ficou louco de raiva. Ah!, pensou, essas rainhas vão me tomar tudo, até mesmo minha maternidade. Será que o esplendor delas não lhes basta?

Star: Por que essa explosão estelar na Grande Nuvem de Magellan? Por que esse fim tão triste?

Ômega: É sempre uma questão de coração. O desse astro está em cinzas. O envoltório se desprendeu do coração e raiou como milhões de sóis. A luz da estrela que também chamamos de Supernova morreu. O coração já não pode brilhar, e um coração que não se inflama está morto. Recolhe-se em si mesmo para tornar-se uma pérola escura. Ficará girando no céu como um pião, como um derviche, incansável, assinalando como um monumento fúnebre o túmulo da estrela azul.

Star lembra-se então da conversa entrecortada que tivera com Pião.

Star pôs-se a balbuciar.

Star: Azul porque quente e densa. Uma estrela azul é mais quente que uma estrela amarela, uma estrela amarela é mais quente que uma estrela vermelha. Mas, e eu, de que cor sou? Eu não me vejo.

Ômega não teve coragem de lhe dizer que a achava meio esverdeada.

Ômega: Estou vendo que você aprendeu sua lição. Talvez já tenha encontrado em sua caminhada um daqueles astros escuros se revirando desnorteados, que nada são além de corações de estrelas destruídos. Não são muito perigosos, mas sua conversa é cansativa. Cuidado, no entanto, com os mais densos, pois eles dilaceram e devoram tudo o que passa por perto. Engolem até sua própria luz. São estrelas singulares, que não brilham mas absorvem luz. São negros e sorvem como buracos.

Star, lembrando os episódios da pulga e das mãos invisíveis, sentiu um calafrio na espinha. O resultado foi uma erupção estelar.

Ômega: Corações destruídos, ossaturas escuras, enfim, estrelas de nêutrons encontramos por toda parte na nossa república de estrelas, mas bem menos do que anãs brancas. São anãs brancas que escurecem para se confundir com a noite.

Star voltou a sonhar com a escuridão, assim como outros sonham com ouro e luz. Com escuridão tranqüilizadora, escuridão encapsulada, escuridão anterior ao nascimento. Não ouviu as últimas palavras de Ômega, que no entanto eram premonitórias, pois aplicavam-se à sua condição estelar.

Ômega: Elas acrescentam escuridão à escuridão. Mas fique sabendo que não estão livres de uma ressurreição luminosa: basta roubar a substância de uma companheira para voltar a brilhar!

Ômega falava sozinha no céu vazio.

Capítulo XXIV

Star queria ver cada vez mais. Desviou-se para o centro da Galáxia, na direção da grande cidade das estrelas. Dirigia-se para o desconhecido. Viu-se presa, então, à rede das constelações, como uma pérola de orvalho numa teia de aranha.

A estrela mais brilhante da constelação Raiz Quadrada, Alfa, resplandecia no meio de sua corte. Seis estrelas de alta estirpe eram suas damas de honra. Em algumas frases de Luz, Alfa apresentou seu céu.

Alfa: Marius é o cão. Está amarrado ao navio pela ponta de sua cauda. O Cachalote está abaixo da Zebra e abaixo dos Atuns. De seu brilho sai uma série de estrelas enfileiradas e, depois de se estender por uma boa distância, essa fila vem se atar em nó no alto da crista da perua. A Amazona é como um fluxo de estrelas que nasce sob o pé esquerdo do Índio.

O Índio fica de través sob o Búfalo, que o pisa com um dos cascos. Segura na mão esquerda uma maça, que ele ergue na direção dos Grumos. A água vertida pela Jarra passa entre a cabeça da Carpa e a cauda do Cachalote. A Serpente morde a própria cauda e também a da Pega, cujo bico pica o olho do Sacristão. De seu Missal escorre a Litania. E tudo isso forma um amontoado indescritível, na qual também se pode ver algo muito diferente, como por exemplo:

A Girafa estica o pescoço estrelado na direção da Cadeira, da qual um dos pés repousa sobre a auricular da Górgona, que está sentada sobre a Brasa, marcada por um quarteto de estrelas vermelhas. No eixo do seio esquerdo da Górgona fica a Coruja-parda. O terceiro fio de seu bigode, à esquerda, designa o telefone...

Ou ainda: a Chave está pendurada no nariz Pontudo, desenhado por três estrelas azuis. O Piolho rasteja para os Olhos, que se reviram. A Canguru não enfia a cauda no bolso, mas no bolso do Livreiro, cujos óculos olham de esguelha para as pernas da Noite... O Arqueiro mira sua flecha no olho do Ciclope. A Tesoura corta a Cauda da Pega, cujo bico bica as estrelas da Constelação da Colher de Café, que despeja sua escuridão na noite...

Depois de tanto vender seu peixe, Alfa perguntou a Star:

Alfa: Por que você está vagueando nessa escuridão? Venha conosco à luz. Você será feliz. Já que está reservado a alguns privilegiados entrar em minha corte, abro-lhe os portões de minha constelação. Tome seu lugar no cortejo. Anunciarei seu nome a minhas irmãs.

Star ficou seduzida pelo brilhante convite, mas logo percebeu que era tudo ilusão. Passando para o outro lado do espelho, Star compreendeu que Alfa estava sozinha, cercada de escuridão, que sua constelação era um engodo, uma ilusão de óptica.

Star retomou seu caminho, desconcertada por tantas mentiras.

Capítulo XXV

Ao fim de uma longa viagem, ela chegou ao centro da Galáxia: a Via Láctea. Esta é uma entre uma multidão de galáxias espalhadas pelo Universo. Uma galáxia é uma ilha de estrelas, banhada pelas nuvens: uma megalópole celeste.

No centro da aglomeração, a população é densa. O centro dessa cidade é muito iluminado! E as noites são quentes... Mas, nessa promiscuidade estelar, é possível haver noite?

Os bairros da periferia são menos densos, e muito menos seguros; há terrenos baldios por toda parte. A galáxia está em perpétua efervescência. Estrelas nascem, vivem e morrem. Suas fontes de energia não são nem a água nem o ar, mas a fusão nuclear e a gravidade; esse é o segredo da evolução das galáxias. Ao tomar contato com essa realidade, Star compreende a História: uma jovem galáxia, composta de

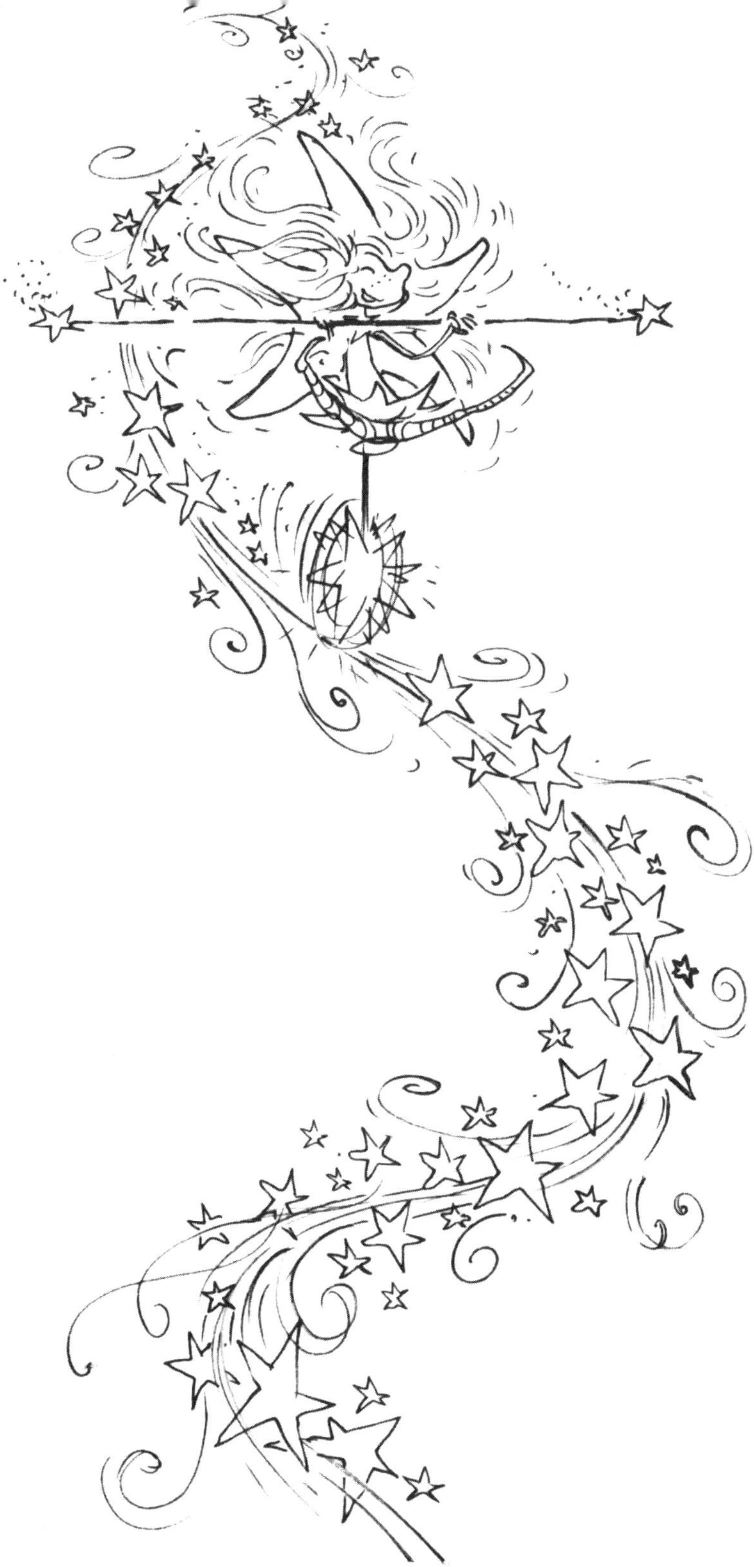

nuvens, tem encubadas em si todas as estrelas futuras; ao amadurecer, ela se cobre de estrelas de mil cores. As pequenas amarelas permanecem por muito tempo ao passo que as grandes azuis, por mais brilhantes que sejam, apenas passam. Assim é a vida de uma galáxia: cada vez mais estrelas, cada vez menos gás.

Essa revelação entristeceu Star: seu Casulo, portanto, está destinado a desaparecer. A cada estrela que nasce, ele morre um pouco. Ele morre de estrelas.

Num lampejo, seu destino, o de Casulo e o da Galáxia vertiginosa finalmente se revelam a ela! O Universo nebuloso em sua infância se fragmenta em ilhas nebulosas. As ilhas floresceram. Essas flores eram estrelas evaporadas. Essas estrelas se abriram e dispersaram miríades de átomos preciosos, os que constituem a riqueza de Planeta.

Uma voz distante interrompeu sua reflexão: "Você estará no centro da Galáxia quando vir três nuvens, e apenas três, girarem em torno de um misterioso objeto central. É o coração da Galáxia."

Se o centro da cidade é assim, mais vale afastar-se dele, pensou Star. E ela prosseguiu seu caminho.

Voltou a passar pelas portas da Cidade central. Sonhava em mergulhar nos braços de algodão de Casulo. E Star continuava caminhando.

Capítulo XXVI

Ela avançava em linha reta, parecia determinada. Ao longo de sua aventura, a luz à sua volta se apagava. Deixava suas irmãs atrás de si. Sua louca trajetória a impedia de perceber que tudo se afastava.

De repente, viu-se prisioneira, já não conseguia avançar e, no entanto, não havia nenhum obstáculo visível.

Imóvel, teve tempo, então, de olhar. Um espetáculo inédito desenrolava-se diante dela. Estava tudo escuro, muito escuro. Só alguns pontos luminosos transgrediam aquele puro espaço de escuridão.

Quer dizer que a Via Láctea também tem irmãs, Star disse a si mesma. Esses pontos não são estrelas, mas galáxias longínquas. Seus raios caem sobre mim!

Essa nova revelação a perturbou profundamente. Seu coração se aqueceu. Será que ultrapassaria mais uma fronteira?

Não posso mais viajar. Casulo tinha razão, estou ligada para sempre a esta Via Láctea. Atingi os limites do possível, esta é a fronteira da minha Galáxia. Minha aventura terminou. Um freio me detém, mas meus raios têm liberdade para voar. Vivo a finitude mas vejo o infinito.

Vencida pela gravidade, exausta, Star sentou-se nos galhos extremos da Via Láctea, os raios oscilantes.

O Universo é mais imprevisível do que eu poderia imaginar. Não posso avançar mais, no entanto constato que existe um mundo maior do que tudo o que conheci, e provavelmente mais misterioso ainda.

O que é essa escuridão que me cerca? Será o vazio? Ou será que está cheia de uma substância invisível cuja luminosidade é apenas espuma? E aquelas

O QUE EXISTIA ANTES DE EXISTIR ALGUMA COISA?

O QUE EXISTIRÁ QUANDO NÃO EXISTIR MAIS NADA?

galáxias longínquas, se eu as visse de perto, seriam semelhantes em tudo à minha Via Láctea?

Terão a mesma história e a mesma aparência?
Tudo é tão imenso e estranho.
Um sentimento de solidão invadiu Star. E, é claro, ela voltou a pensar em Casulo.

Capítulo XXVII

Um pouco desencantada, Star resolveu então voltar a sua origem.
Mas como é longo o caminho da Nuvem!
Star voava, voava rumo a seu Casulo. Só pensava em reencontrá-lo.
Viu-se cheia de esperança e sonhos.
"Aqui está, Casulo, eu lhe trouxe algumas poeiras de estrelas, de minha longa aventura. Sei que você gosta muito delas."
Não estaria se iludindo mais uma vez? O que importa, uma estrela nunca deve desistir. E Casulo, em que situação o encontraria? E será que o reencontraria? Será que a estrela não se perderia em seu caminho de Compostela?
O hélio já cantava no coração de Star. Logo chegaria o carbono. Ela carregava o inferno no coração, mas seu rosto estava sereno.

O coração se apertava, se apertava. Será que ele iria embora?

É sempre uma questão de coração e de estrela.

E lá se ia Star levando sua trouxinha de luz.

Fim

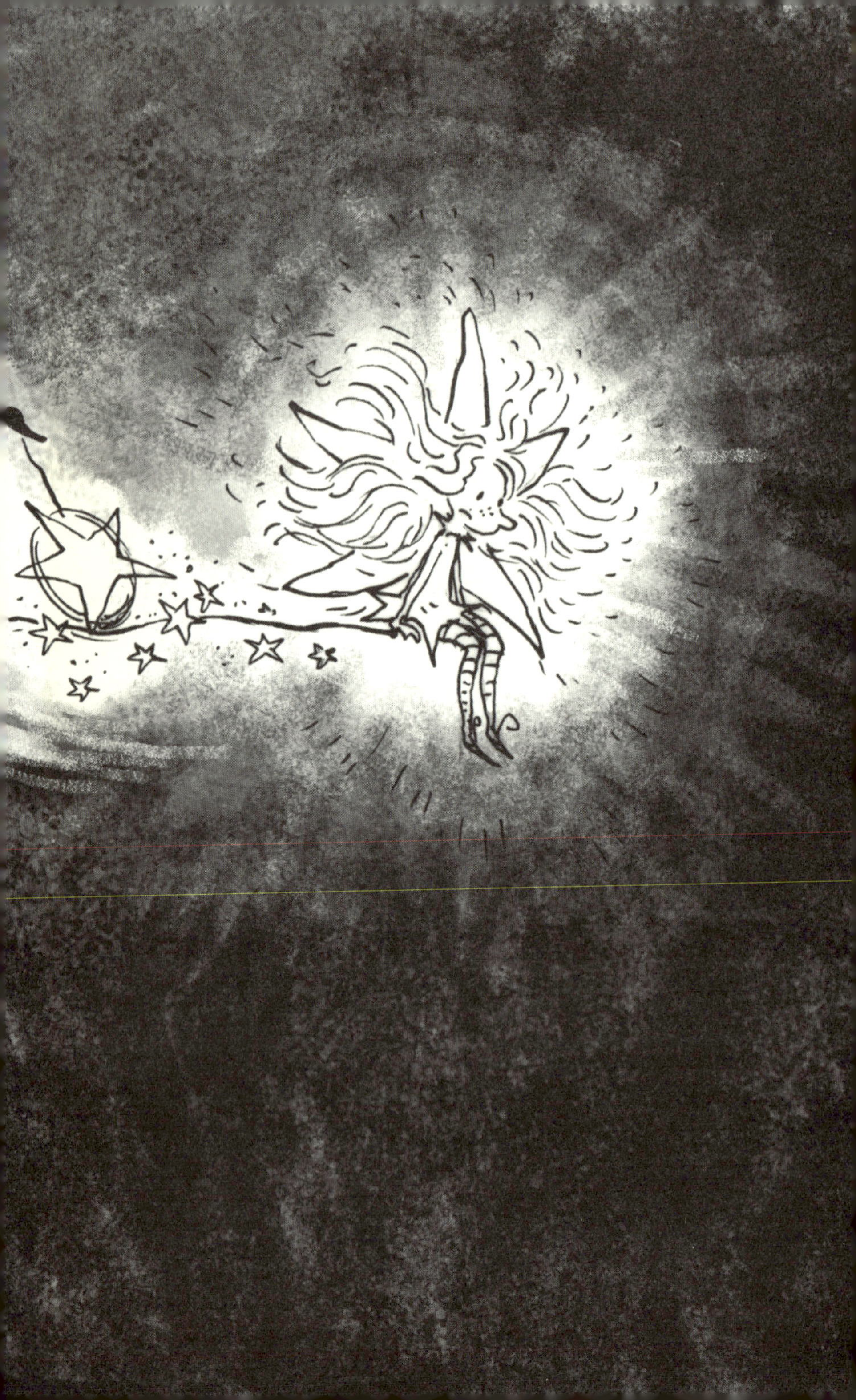

Glossário
Linguagem das estrelas

Aglomerado globular
Grupo denso de estrelas muito velhas. Um aglomerado globular pode conter de 100 mil a 1 milhão de estrelas que se deslocam coletivamente, a grande velocidade, em torno de uma galáxia. Essas estrelas, nascidas há muito tempo, assemelham-se muito umas às outras. São compostas essencialmente de hidrogênio e de hélio, como as velhas solteironas da abóbora.

Anã Branca
Resíduo pouco luminoso e muito denso de uma estrela. Por falta de combustível, no núcleo de uma anã branca, não há fusão nuclear. Ela está destinada a um resfriamento lento e inevitável. Do tamanho da terra, esse pequeno astro sólido é a etapa final da evolução da grande maioria das estrelas da Galáxia. Em cinco bilhões de anos, nosso Sol terá a mesma sorte e acabará sendo uma Anã Branca.

Ano-luz
Unidade de distância astronômica. Um ano-luz é a distância percorrida pela luz em um ano, à velocidade de 300 mil

quilômetros por segundo, o que corresponde a cerca de 9,5 milhares de bilhões de quilômetros. A título de exemplo, a Lua está a um segundo-luz da Terra, ou seja, 300 mil quilômetros. O Sol está situado a cerca de 8 minutos-luz, ou seja, 150 milhões de quilômetros. A estrela mais próxima do Sol, Alfa-Centauro, está a uma distância de cerca de 4 anos-luz, ou seja, 38 milhares de bilhões de quilômetros!

Asteróide
Pequeno corpo rochoso do sistema solar. O tamanho dos asteróides varia entre um quilômetro e uma centena de quilômetros. Esses pequenos corpos se deslocam em órbita em torno do Sol, formando uma cintura entre Marte e Júpiter.

Átomo
A menor partícula que constitui a matéria. Um átomo é constituído por um núcleo central (por sua vez constituído de prótons e de nêutrons) em torno do qual circula um conjunto de elétrons. O átomo mais simples e mais leve é o hidrogênio. Seu núcleo é constituído por apenas um próton. O seguinte da lista é o hélio, que abriga 2 prótons e 2 nêutrons em seu núcleo. Na natureza existem núcleos que agrupam até uma centena de prótons. O urânio, que é o átomo mais pesado, contém 92 prótons e 146 nêutrons.

Azoto
Elemento químico constituído de átomos de azoto. Cada átomo contém em seu núcleo 7 prótons e 7 nêutrons. O azoto é produzido nas estrelas como a maior parte dos outros elementos químicos.

Big Bang
Episódio breve, durante o qual nosso Universo teria emergido para resultar no mundo tal como é visto hoje.

Buraco-negro
Resíduo de uma estrela inicialmente de massa extremamente grande. No fim de sua evolução, a estrela passa por uma tal desintegração que a própria luz não consegue escapar,

donde o nome de buraco-negro. Por exemplo, uma estrela que tem cem vezes a massa do Sol resultará num buraco-negro de dimensão muito pequena, portanto de concentração quase infinita. A descrição desse resíduo infinitamente pequeno e no entanto de grande massa escapa à física clássica.

Carbono
Elemento químico constituído por átomos de carbono; cada átomo contém 6 prótons e 6 nêutrons. O carbono é produzido nas estrelas. É a chave da vida tal como a conhecemos na Terra.

Cefeida
Uma Cefeida é uma estrela cujo brilho varia regularmente ao longo do tempo. Ela volta a ter o mesmo brilho depois de alguns dias, até mesmo de algumas semanas.

Cometa
Pequeno corpo do sistema solar que se desloca em órbita em torno do Sol, segundo uma trajetória alongada. Distante do Sol, um cometa se apresenta como uma bola de gelo e de poeira; ao se aproximar do Sol, ele se aquece e forma uma cabeleira e uma cauda constituídas pelos gases liberados.

Constelação
Agrupamento arbitrário de estrelas situadas a distâncias variáveis mas visíveis numa mesma região do céu. Os antigos projetavam nas constelações o seu imaginário e associavam a elas figuras de suas mitologias. As constelações descritas no texto, como Marius, o Cachalote, a Zebra... são pura fantasia.

Cosmo
Universo construído como um sistema estruturado. Por extensão, o Cosmo designa o espaço em sua imensidão.

Elemento químico
Constituinte da matéria formada de átomos de um determinado tipo. Um elemento químico se caracteriza pelo número de prótons que abriga em seu núcleo. Há cerca de uma centena de elementos químicos na natureza.

Elétron
Partícula elementar. O elétron é livre no interior das estrelas em razão da alta temperatura que reina nelas. Na matéria comum, os elétrons são parte integrante dos átomos, assim como os núcleos em torno dos quais eles se deslocam, formando então uma nuvem eletrônica.

Estrela
Bola de gás incandescente, composta essencialmente de hidrogênio e de hélio que produz energia em seu centro e que emite uma parte dela sob forma de luz à superfície e a dispersa, assim, pelo espaço à sua volta. A energia produzida no centro provém da fusão entre os núcleos de átomos (fusão nuclear), o que requer temperaturas muito altas e uma concentração muito elevada de matéria. É assim que os elementos leves, como o hidrogênio e o hélio, transformam-se para produzir elementos mais complexos, como o carbono e o oxigênio.

Estrela amarela
Estrela de temperatura média, da qual sua cor é um indício. As estrelas dessa categoria são as mais numerosas. Sua vida é longa, de alguns bilhões de anos. Nossa estrela, o Sol, pertence a essa categoria. Como em todas as estrelas, nela a matéria é transformada pela fusão nuclear, mas a temperatura central, embora bastante elevada, só permite um tipo de fusão: a dos núcleos mais leves. As estrelas Épsilon da Sopeira e Ômega da Sabedoria são representativas dessa categoria de estrelas.

Estrela azul
Estrela que está entre as mais quentes, que tem a massa grande e a vida relativamente breve, de alguns milhões de anos. A cor azul é representativa da temperatura que reina em sua superfície. Essas estrelas são as menos numerosas, mas, por causa de sua temperatura central muito elevada, são capazes de produzir núcleos de átomos complexos, que elas dispersam favorecendo sua explosão (supernova). Rigel pertence a essa categoria.

Estrela binária
Par de estrelas, em que uma gira em torno da outra. Por causa de sua proximidade, produzem-se trocas de matéria, podendo levar a um desequilíbrio que resulta numa explosão. Os dançarinos estelares do capítulo IX constituem um sistema binário.

Estrela de nêutrons
Estrela sólida de 10 quilômetros de raio cuja matéria é extremamente concentrada. Ela é essencialmente constituída de nêutrons. Esse objeto resulta da destruição catastrófica do núcleo de uma estrela de grande massa. Essa destruição é seguida de uma explosão espetacular, chamada supernova. Uma estrela de nêutrons é, por conseguinte, o resíduo que concretiza a etapa final da evolução de uma estrela de grande massa, tal como Pião.

Estrela supergigante vermelha
Estrela de tamanho muito grande. As estrelas supergigantes vermelhas marcam uma etapa de evolução avançada das estrelas de grandes massas, em que o envoltório de gás incha consideravelmente. Essa etapa precede a explosão final de uma estrela de grande massa (supernova). Betelgeuse é uma bela supergigante vermelha.

Estrela Wolf-Rayet (W-R)
Estrela de massa muito grande, que emite um vento forte. Parte de seu invólucro se espalha pelo espaço à sua volta. Depois dessa fase, uma estrela W-R evolui, como toda estrela de grande massa, para supernova.

Ferro
Elemento químico cujos átomos são compostos por 26 prótons e 30 nêutrons. O ferro é produzido durante a explosão das estrelas mais quentes e de grandes massas.

Fotosfera
Superfície visível de uma estrela. A fotosfera é vista sob forma de um disco, para as estrelas mais próximas. Nossa estrela, o Sol, tem uma fotosfera cuja temperatura é de cerca de

6 mil graus, o que lhe confere sua cor amarela. Pode-se medir o tamanho do disco e deduzir seu raio, 700 mil quilômetros.

Fusão nuclear
Processo que leva à combinação de dois núcleos de átomos que resulta numa intensa emissão de energia e na formação de um novo núcleo. Esse processo requer temperaturas e concentrações de matéria particularmente grandes, o que ocorre nas estrelas.

Galáxia
Imenso conjunto composto de uma centena de bilhões de estrelas e de gás. As galáxias constituem a estrutura básica do universo. As observações do céu indicam que há bilhões de galáxias e que elas se agrupam em aglomerados. Há galáxias de forma regular (espiral, elipse) ou irregular.

Grande Nuvem de Magellan
Galáxia irregular mais próxima da nossa. A Grande Nuvem de Magellan é acompanhada pela Pequena Nuvem de Magellan. Ambas se deslocam em torno da Via Láctea. A massa dessas pequenas galáxias é apenas uma pequena fração da massa da Via Láctea, que é uma bela galáxia espiral.

Gravidade
Força de atração que se exerce entre todos os objetos materiais do Universo; é a atração da matéria pela matéria. Quanto maior é a massa dos corpos, maior é a atração, mais os corpos são distantes e menos eles se atraem.

Hélio
Elemento químico cujos átomos são compostos de 2 prótons e 2 nêutrons. O hélio é o elemento mais abundante, depois do hidrogênio. Os núcleos do átomo de hélio foram produzidos, em sua maioria, durante os primeiros instantes do Universo (Big Bang).

Hidrogênio
O mais simples e leve elemento químico. Os átomos de hidrogênio são constituídos por um só próton. É de longe o elemento

mais abundante no Universo. Seus núcleos de átomos foram produzidos durante os primeiros instantes do Universo (Big Bang).

Luz
Forma de energia emitida pelas estrelas. Toda luz é constituída de particulas chamadas fótons. Há fótons de energia variável, desde os fótons-rádio, os menos energéticos, até os fótons-gama, os mais energéticos. Entre os dois, encontram-se fótons infravermelhos, visíveis (que percebemos com os olhos), ultravioleta e X.

Mecânica Quântica
Teoria moderna da física do infinitamente pequeno. A mecânica quântica descreve os estados e evoluções dos sistemas na escala das moléculas, dos átomos e das partículas.

Molécula
Composição de átomos de mesmo tipo ou de tipos variados. Uma molécula é formada por um número determinado de átomos ligados entre si. Nas estrelas, a temperatura é tal que as ligações entre os átomos se rompem. Nelas, nenhuma molécula consegue subsistir. Por isso a matéria estelar é constituída por átomos na superfície e de núcleos de átomos e de elétrons livres no centro. Só raras moléculas subsistem nas partes mais externas das estrelas mais frias. Em contrapartida, as imensas nuvens de gás do Cosmo são essencialmente compostas de moléculas em razão das baixas temperaturas. Por exemplo, a molécula da água, tão preciosa para os homens, é constituída por dois átomos de hidrogênio e um átomo de oxigênio.

Neutrino
Partícula elementar de massa muito pequena e que interage muito pouco com o ambiente cósmico. Os neutrinos são produzidos durante certas reações de fusão nuclear que ocorrem nas estrelas.

Núcleo de átomo
Parte central do átomo que ocupa um volume muito pequeno mas concentra o essencial de sua massa. Um núcleo de

átomo é constituído por prótons e nêutrons. O núcleo de hidrogênio, por exemplo, tem um só próton e nenhum nêutron; o núcleo de carbono tem 6 prótons e 6 nêutrons.

Ouro
Elemento químico constituído de átomos de outro. Cada um deles tem 79 prótons e 118 nêutrons. O outro se produz durante a explosão das estrelas de grandes massas.

Oxigênio
Elemento químico constituído de átomos de oxigênio. Cada um deles contém 8 prótons e 8 nêutrons. O oxigênio, assim como outras espécies, é produzido pelas estrelas de grandes massas. Esse oxigênio se dispersa no espaço por sua explosão (supernova). É um dos elementos químicos indispensáveis ao desenvolvimento e à manutenção da vida.

Partícula elementar
A menor parte da matéria. Os nêutrons e os prótons são constituídos por algumas dessas partículas. A luz é constituída por uma partícula elementar específica, chamada fóton. Há um número finito de tipos de partículas elementares que os físicos estão empenhados em captar, para compreender sua natureza e suas propriedades.

Planeta
Corpo do sistema solar que não produz sua energia e se limita a receber a luz emitida pelo Sol. De fato, um planeta é muito pouco denso e, portanto, tem o centro insuficientemente quente para poder desencadear o processo de fusão nuclear, característico do status de estrela. Júpiter, o maior planeta do sistema solar, é uma estrela fracassada. Sua massa, que é um milésimo da massa do Sol, lhe confere uma fonte interna de calor, à temperatura de 20 a 30 mil graus. Essa fonte de calor não é de origem nuclear, pois as temperaturas necessárias são, no caso, da ordem de uma dezena de milhões de graus. Há nove planetas em nosso sistema solar: Mercúrio, Vênus, Terra, Marte, Júpiter, Saturno, Urano, Netuno e Plutão. As ob-

servações astronômicas mais recentes permitiram descobrir outros planetas em torno de estrelas próximas.

Prata
Elemento químico constituído de átomos de prata. Cada um deles é constituído de 47 prótons e de 60 nêutrons. A prata é produzida durante a explosão das estrelas de grande densidade (supernovas).

Próton
Um dos dois constituintes fundamentais do núcleo do átomo, ao lado do nêutron. É chamado núcleon. Um tipo de elemento químico se caracteriza pelo número de prótons presentes no núcleo de seus átomos.

Sol
Nome dado a nossa estrela. Ele ocupa o centro do sistema solar e reúne o essencial da massa desse sistema. Essa estrela, a mais conhecida pelos homens, é uma das cem bilhões de estrelas que povoam a Galáxia. Em sua superfície (fotosfera) reina uma temperatura de cerca de 6 mil graus, o que lhe confere a cor amarela. A Terra recebe calor e energia do Sol. A idade do Sol é de cerca de 4,5 bilhões de anos. Ele funde os núcleos de hidrogênio para produzir núcleos de hélio.

Supernova
Explosão espetacular de uma estrela de grande massa que está no fim da vida. O centro da estrela se desintegra para dar origem a uma estrela de nêutrons, o invólucro é violentamente lançado no espaço. Assim, todos os núcleos de átomos complexos produzidos durante a evolução dessa estrela se dispersam.

Universo
Conjunto de tudo o que existe: planetas, estrelas, galáxias, aglomerações de galáxias, até as maiores estruturas imagináveis. O Universo teria resultado de um acontecimento súbito chamado Big Bang. Imagina-se que sua idade seja de cerca de 15 bilhões de anos.

Via Láctea

Nome dado à nossa própria Galáxia. A Via Láctea é uma Galáxia de tipo espiral, que contém cerca de 100 bilhões de estrelas. No interior dos braços dessa espiral, estruturando o disco da Galáxia, estão nascendo estrelas: vêem-se aí muitas estrelas azuis. Nas outras regiões encontram-se estrelas mais velhas, de cor vermelha e amarela. Os aglomerados globulares, grupos compactos de estrelas muito velhas, deslocam-se a uma boa distância do disco, no halo galáctico.

IMPRESSÃO E ACABAMENTO:
YANGRAF Fone/Fax: 6198.1788